André Wikdahl

Flicka med cykel

Förlag: BoD – Books on Demand, Stockholm, Sverige
Tryck: BoD – Books on Demand, Norderstedt, Tyskland

ISBN: 978-91-8057-7526

Jag säger:

– Tvärsöver Australien har man byggt ett stängsel. På ena sidan finns maten, på den andra öken. Där är alla kängurur. Längs med stängslet, mil efter mil, hänger de som fastnat i taggtråden, torkade i solen.

– Du ljuger igen, säger Hannah.

Jag säger att jag kommer bli döv. Hörseln blir sämre hela tiden, det susar mer och mer. Hon frågar om jag är rädd. Säger att det är synd om mig. Mina ögon tåras. Det är synd om mig, men jag säger att det inte är det. Hon tror mig, och det gör mig ledsen. Men det skulle kunna vara sant. Hennes hand i min nacke, håller mitt huvud. Hårt.

Hon frågar om hon får andas i min mun. Jag nickar. Hon sitter nära. Läpparna varma. Luften fuktig. Hon ut, jag in. Sedan min tur. Luften som varit inne i henne. Nu är den min. Långt ner i lungorna, nästan svårt.

När vi blir yra säger hon att hon aldrig varit kär i en tjej förut. Inte jag heller, säger jag. Att vi har varandra, det är en dom. Allt är öppet, allt är tomt. Hon säger att hon inte tycker om när jag pratar så där konstigt.

Jag säger att jag måste berätta en sak, för det där jag sa förut om grannen, det var inte sant. Det var min pappa. Det var vårt garage. Det var jag.

– Hur menar du?

Jag blundar men känner att hon tittar.

– Det var jag som hittade honom. Det var lördag, tidigt, vi skulle fixa med cykeln. Det lös i springan under garageporten.

Jag sväljer, fast jag inte vill.

– Jag kunde inte få ner honom. Jag hämtade mamma. Sen minns jag ambulansen, när de stängde av blåljusen. Att alla gråter.

Hon håller mig, säger:

– Stackars stackars lilla Hanna.

Hon är så varm under täcket, nästan svettig. Naken. Hemma har jag filt och pyjamas. Hon luktar rosa och vitt. Hon har alltid röda kinder, och jag alltid knottrig hud. Lite som en plockad kyckling, säger hon.

Hon säger att hon är Hannah med H, som dåliga filmen i skolan. Jag vill inte vara Hanna utan H, jag är Hanna med cykel. Hon säger att jag är flicka med cykel. För jag cyklar hela tiden. På natten med kalla styret.

Hon tycker det är fint att jag har kort hår, som en pojke. Men hon vet att jag är en flicka, och det är fint att man ser mina revben. Hon älskar att jag är hennes thinspiration. Vi säger fina saker till varandra, och nu tycker hon det är min tur. Jag säger att jag gillar att hon inte har bakfickor på jeansen, för då ser rumpan större ut. Hon slår mig hårt på axeln. Ljudet dovt och stumt, liksom bara tar slut i min kropp. Studsar inte. Gör ont i hela mig, men hon kan ta bort det onda.

Lesbian är ett riktigt ord, säger hon. Jag säger att det låter som en apa.

Är du feminist? Hannah kräver att veta. Man kan inte kräva när man är kär, säger jag.

Smala skelettet, säger hon, håller runt min handled. En gång var hon med en kille, innan hon blev lesbian. Så stor, det var mörkt, den kändes som en underarm, när hon höll i den. Hon svär att hon inte först fattade att det var kuken. Jag säger att jag inte bryr mig, att hon pratar äckligt, att så där säger ingen.

Händerna stela och röda trots nya handskarna. Hårda apelsiner i prasslig påse på köksbordet. Fingrarna färgas gula, men de luktar inte gott.

Sovande soffmamma. Tom tetra. Eller bara nästan, jag får halvt glas. Sedan natt-turen, innan mamma vaknar och mumlar att det är sent. För sent. Imorgon skola, imorgon jobb. Sover brorsan? Hur kan jag veta, säger jag alltid. Borstade han tänderna? Men jag bara går.

Sprayar 5-56 på kedjan, för vi har ingen olja. Pappa sa att det fanns torr och blöt.

Hur kan olja vara torr, undrade jag.

Stjärnklart, och där husen tar slut börjar snigelstigen genom skogen. Dynamon viner trögt. Varför har du inte batterilampa som alla andra, säger Hannah. Varför har du Converse på vintern? Varför har du din pappas gamla cykel? Varför köper du inte ny telefon?

Cyklar snabbare och lampan lyser starkare. Varför pratar mamma högst på föräldramöten? Varför kommer vi alltid sist? Varför vänder sig alla om och tittar?

Lägger mig, flämtar av kalla täcket. Tänker på fina saker, och säger tack. Tänker på arga saker. Svårt att somna med hjärtat så här hårt. Jag nyper låren, tar bort ont.

Hannah skriver *Ljug aldrig igen*. Sedan *Älskar dig, smalis, men du kunde vara lättare att tycka om.*

Jag svarar inte.

Blev du ledsen?

Jag stänger av telefonen. Vill inte tycka om. Sista innan jag somnar; tänker på gnissel. Rostiga spiralfjädrar. Garageport, hur man vrider svarta handtaget när man öppnar. Hur man först ser bruna skor i luften.

Jag berättar för henne, för det är så mycket hon inte vet. Man eldar chips, säger jag. Ju längre det brinner, desto mer energi. Hur länge brinner vatten? Hon vet; inte alls. Precis säger jag. Så man kan dricka hur mycket vatten som helst utan att bli fet. Vad har du ätit idag, undrar hon. Ett äpple, en smörgås utan-smör-bara-ost, två koppar te. Hon vill se min mage. Jag drar upp tröjan, hennes händer smeker och hon säger att jag är så fin, så fin. Smala pojkflickan, som inte ens har ett veck på magen. Hon säger att hon är avundsjuk, drar upp sin tröja. Två valkar, och bristningar. Följer vita strecken med pekfingret. Jag säger att det är fint, och det är fint när jag är smal mot hennes kropp. Hon vill också men kan inte. Jag säger att hunger är bästa känslan.

Hannah, och det är så fint, men hatar att jag inte kan. Min Hannah som fyller en hel säng, min Hannah som har tagit mig, när jag bara satt och inte var. Nu är jag och hon vill mig, allt, och hon får.

Hur kan du så mycket? Hon förstår inte. Jag säger att jag alltid vill veta. Pappa sa att det var det bästa med mig, att det skulle rädda mig. Och din mamma? Jag skakar på huvudet. Hon har redan bestämt sig, så hon behöver inte veta.

Hon har läst att man blir mer hårig när man är smal, *lanugo* säger hon, och rösten låter varm och liten. Hon vill titta om det stämmer. Jag tar av mig och huden knottras fast hon knappt snuddar med fingerspetsarna.

– Vad gör ni?

Hennes mamma i dörren, och vi har inte hört den öppnas.

Det är sent så jag ska nog cykla hem. Tycker hon. Jag nickar.

Hannah vill ha bild. Jag ligger i sängen. Hårda höftben som står upp på båda sidorna om bulan som krymper men inte försvinner. Skickar på snap. Skärmdumpar hon alla bilder?

Väntar på hennes svar. Två hjärtan. Närbild på öga. Sedan skriver hon *snappa snippan*. Drar ner och fotar. Hon skickar eldsflamma.

Har lillebror gymnastik idag? Mamma i morgonrock och rufsigt hår, men jag säger att det heter idrott. Idrott och hälsa. Och ja, jag har packat gympapåsen. Hon lägger kaffepulver i filtret och jag ser att hon kanske måste hosta, hosta så man nästan kräks. Hon säger att hon ska sminka sig, sätta på sig sitt ansikte, hon kommer hem sent idag från jobbet. Älskling, säger hon, älskling, hämtar du på dagis efter skolan. Det heter förskola, säger jag, som jag alltid säger. Tror jag att det är så lätt för henne, alla har det svårt, säger hon, hon saknar pappa också, men han svek. Man får inte säga så till sitt barn, säger jag och går ut och vill inte gråta. Tar cykeln, och hör dörren öppnas och vill höra ett förlåt eller ett kom tillbaka, men jag vet att det inte sägs för det gör det aldrig.

Läraren vill prata, men jag säger att hon inte är min mentor bara för att hon är det.

– Hur har du det hemma?

När jag inte svarar säger hon att jag kanske vill prata med kurator, och *jag kan förmedla den kontakten. Jag kan lämna ditt nummer till kuratorn så ringer hon dig.*

Jag frågar hur gammal hon är, och hon säger:

– 43, hurså?

– Jag är äldre än du. Minst 53.

Hon förstår inte vad jag menar, så jag säger att har varit med om mer än henne. Mitt liv, större.

Huset ska betalas, men mamma får låna av morfar. Han står i hallen, och de talar lågt. Hon håller hans arm.

– Förra lånet? frågar mamma, men morfar säger att hon inte ska tänka på det.

Han säger att hon har fina barn, och måste vara rädd om dem. Stora flickan så känslig.

Han har inte svish, så överföringen tar en dag. Kom in på kaffe säger hon, men han har skorna på sig och hunden i bilen. Det gör inget säger hon, ta inte av dig.

Jag får också kaffe, och tar en finsk pinne, men morfar tittar ändå. Torra smulor i munnen är bra, man känner sig inte fet. Innan han åker säger han att jag ska vara försiktig.

Jag skriver *finsk pinne* i lilla ät-boken med svarta konstlädret. Googlar att på 100 gram är det 570 kalorier. Hur ska jag väga en pinne på köksvågen?

Fryser du, frågar mamma fast hon vet att hon inte har råd med ny jacka. Nej svarar jag, och hon vet att jag ljuger, så hon säger att nästa månad, då ska jag få. Ta en extra tröja säger hon, i pappas garderob. Jag säger att det inte är så kallt.

– Men när du cyklar, så där sent. Jag blir orolig.

-Så mycket kött på din rygg, säger jag och knådar. Jag skulle aldrig kunna äta allt detta.

Hannahs älsklingsfilm är Pretty woman. Jag säger att jag inte sett den, och hon tycker att jag är så mycket finkultur, men hon är vanlig. Mer vanlig.

– Nej, inte så, protesterar jag. Det konstiga är att inte ha sett den?

– Spela inte sårbar, säger hon.

Jag rycker på axlarna. Sitter tyst. Hon frågar vad jag tänker på. Jag tvekar, sedan:

– Hur tjock är väggen på en rymdkapsel? Hur varmt är det innanför, hur kallt utanför?

– Pussa mig på kroppen, säger hon.

Hon vänder sig på rygg. Blundar, utsträckt på vitt lakan och hon är vit, och det är ljust i rummet. Jag pussar hennes knän, och hon säger att det är skönaste ställets.

– Pussa mig på fittan, säger hon.

Efteråt frågar hon vad jag tänker.

– Nu är klockan nio. Sedan kommer klockan bli tio.

Hannah undrar varför mina kläder inte luktar, men jag säger att de luktar luft. Mamma hänger ut dem även när det är kallt, sen torkar de klart på ställningen i vardagsrummet. Det sträva tyget skönt. Hårda lakan mot kroppen.

– Ni har så hårda stolar, säger Hannah. Har du en kudde?

Jag tänker att hennes rumpa är så mjuk, min så hård, men jag säger att det bara är en stol, vi har ingen kudde.

Knölarna i skinkorna som känns när man sitter. Små små blåmärken i svanken. Ryggkotorna som taggar, ett kugghjul. Jag tar kort på kvällen, zoomar in. Det fina i att försvinna. Krympa bort. Kan inte sova på sidan länge. Lårbensknölarna hårda mot varandra.

Ligger på rygg, lägger lilla kudden mellan knäna.

Bredvid mig nallen från Hannah.

Jag säger: kan vi inte ha det som hemma hos Hannah? De har stor hylla med bara en kruka i. Inget damm någonstans. Inga saker. Mamma säger att vi inte har råd att inte ha några saker. Är vi fattiga, undrar jag. Många har det svårt, svarar hon bara. Hon har börjat handla på Lidl. Det smakar utomlands och fattigt.

Makrillen kommer alltid sent. Ber alltid artigt om ursäkt. Han sitter bredvid mig och osar bränd rapsolja. Visar bilder i mobilen från kusinen, i uniform, och röker. Ledsna ögon. Ett trasigt hus. En utbränd bil. Lik på gatan. Läraren säger: Makyrov, lägg bort telefonen.

På rasten säger han att han inte kommer på nästa lektion. Möte med SYV.

– Varför det?

– För att jag har mycket frånvaro. Men jag inte orkar bry mig.

Han har tappat bort sina glasögon också. Har jag sett dem? Jag skakar på huvudet.

Han ser förvånad ut att hans mun börjar prata och han säger att han hörde männen komma. Han vet inte varför, men de sköt upp i luften. De var på farbrorns lantgård, i köket. Han odlade Everest, vindruvor.

Han säger att hans mamma gömde honom i ett hål i golvet, lade en madrass över. Han hörde rop, skott. Sedan tyst. Han somnade, vet inte hur länge han var där. När han kröp upp låg mamman och farbrorn med blodiga kläder.

– Doften är det jag minns.

Han slår ut med armarna.

Jag säger att hon ska borsta tänderna med fel hand.

– Dumt, säger Hannah.

Jag cyklar när jag inte är i mina ögon, berättar jag. Hon har aldrig känt så, så jag måste nog förklara. Jo, det är som när någon tittar på dig men pupillerna är öppna men stängda, eller nej, det är när man tittar men man är långt inne i sitt huvud, inte framme vid gränsen.

Hon säger att det är synd om mig, som tror att man är sitt huvud.

Hon säger att hon inte vet om hon vill fortsätta. Jag säger att jag kan bli mer. Vår tid är kanske slut, svarar hon bara.

– Hur kan det vara begränsat? Framtiden finns ju inte? säger jag.

Hon skakar bara på huvudet:

– Jag kan inte förklara mer om du inte vill förstå.

Jag tänker på pappa. När man ser för sista gången, när man tittar på sitt hus, rummen. När han tittade på mig sista gången, visste han att det var det? Är det för att minnas som man tittar? Men aldrig kan man vara där igen. Aldrig aldrig.

Jag säger till Hannah:

– Om du gör slut nu, så raderas vi.

– Tre veckor, säger hon. Vi ska inte höras på tre veckor. Inte skriva, inte ses. Inget.

Efter tre dagar skriver jag ett brev till henne. Ett papper räknas inte.

Skriver att hon är dum, så hon ska veta det. Att detta är fel, förstår hon inte det? Att jag inte äter någonting nu. Att jag mår illa, yr. Att hon får göra vad hon vill, med mig. Med min kropp. Med ingenting.

När brevet kommit fram svarar hon. Sms. Att hon mår bra. Mått bra utan mig. Kände sig fri och glad. Bottnade.

Så hungrig, men kan inte äta. Kan inte kräkas, men vill. Allt måste gå att ångra. Det är det enda jag vet. Det enda jag vill. Man måste få göra, och sen göra om.

Jag skriver till Hannah att jag älskar hennes rödmålade läppar. Skriver att jag aldrig sminkat mig. Hon svarar att det kanske är därför jag alltid ser trött ut. Sedan undrar hon om hon var för hård. Men jag har sån klump i magen, kan inte svara. Det är som att alltid vara nervös, men det kommer aldrig någon redovisning. Jag står aldrig framför klassen och ska prata.

Jag vaknar fast jag sover. Rummet inte helt mörkt, en skuggad grå måne lyser. Det sitter en osynlig på mitt bröst, och jag pressas ner i sängen. Försöker resa mig, resa överkroppen. Paniken över att vara förlamad. Min hjärna säger: res dig kropp. Någon med stum kropp, stum röst, sitter på mig. Plötsligt kan jag lägga mig på sidan, den osynliga borta. Jag öppnar ögonen fast de varit öppna hela tiden. Ser klockradions röda skarpa siffror. 23:46.

Vill inte somna om, men måste.

På morgonen googlar jag. Läser om sömnparalys. Sms:ar Hannah. Skriver att man ska vara glad för varje morgon som man vaknar. Hon svarar *gäsp*.

Känner luften, känner huden knottras. Känner lite sol genom fönstret. Känner mjuka trosan, gummibandet i linningen. Känner kalla plastmattan under foten. Känner doften från öppna tvättmedelspaketet. Vänder mig i profil, ser små brösten, krympande brösten. Nyper inte. Kan hålla igen. Här nu: min kropp, inte till någon.

Vad vet jag, om vilka som klarar sig, om vilka som orkar leva eller inte.

– Är du arg på din pappa? frågar Hannah.

Du känner i kroppen.

Hon undrar varför jag inte förstår. Jag säger att alla känslor är i huvudet. Nej, säger Hannah, rädsla i magen, kärlek i bröstet. Inga känslor i huvudet. Men jag skakar på huvudet, säger att hon har fel, man är ju i sitt huvud.

Hon undrar vart jag ska, men jag svarar bara att jag inte vet. Låter som en bra plan, säger hon, att inte ha en plan.

Jag vet inte om hon är ironisk. Och hon förstår aldrig när jag är ironisk. Ibland får jag låtsas att jag menar vad jag säger, så att hon inte ska skämmas.

Jag cyklar vid k-märkta ekarna. Små plåtskyltar på stammarna. *Skyddade enligt beslut*, stigen en gammal banvall. Är jag arg, undrar jag. Hur vet man om man är arg?

Hemma i köket frågar jag mamma om hon sänkt värmen, och hon säger att jag ska få en filt i sängen. Det är svåra tider för alla nu. Man behöver inte ha bara t-shirt på sig inomhus. Vi bor inte i Italien.

Men jag vet att man bränner mer energi när man fryser.

Det hade säkert varit tvärtom, om det varit tvärtom. Allt.

Lillebror kommer in i mitt rum. Jag ligger på sängen, men överkastet ligger på fåtöljen. Han kastar något till mig och jag fångar. Han säger: mamma har köpt kexchoklad. Och jag vill bara börja gråta.

Lillebror går.

Står bakom snygga tjejen i klassen. Hennes långa raka hår. Drar in schampodoften i näsan. Hon tittar på mig när hon går.

Vid cykelstället möter jag Makrillen. Han ser inte ut att vara på väg någonstans. Vi nickar åt varandra. Ingen ler.

Skolbibliotekarierna går förbi, med svällande vader. Jag vänder mig mot Makrillen:

– De har läst sig tjocka.

Han tittar på mig.

– De var smala när vi började ettan. Sedan har de bara suttit inne och läst böcker, förklarar jag.

– Vad? Jag inte förstår, säger Makrillen.

– Det var inget. Glöm det, suckar jag.

Makrillen nickar mot mig, säger:

– Ni svenskar har så snygga näsor. Inte som i min kultur.

Han har klippt håret för kort. Man ser knappt lockarna längre.

Jag tar min cykel. Ekrarna gnisslar mot cykelstället. Makrillen står kvar. Ser inte ut att vänta på någon.

Hannah säger att hon aldrig har fejkat en orgasm, undrar om jag har det. Jag svarar att jag inte vet. Att nej, det har jag inte. Eller jag tror inte det iallafall. Hon säger att jag har min ljug-röst. Hon känner igen den nu.

– Det är inte normalt att prata om sånt här, säger jag. Man pratar inte om sina ex.

Hon tycker att jag ska sluta vara så rädd.

– Du förgör mig, säger hon.

Men jag skakar på huvudet, och säger att hon menade *gör*. Att jag gör henne.

– Är det vad du tror? fnissar hon.

Päronträdens röda blad på marken, vid fruktodlingen. Kvällen svart, sedan plötsligt skarpa ljus från tyst bil. Jag tänker att den ser men den kör rakt mot. Kastar mig i diket. Ser Teslans T försvinna. Grusknaster under tunna däck. Blöta jeansknän.

Symaskinsmotor, sa alltid pappa. Bögbil.

Jag minns:

Pappa har ljusa tajta jeans, blekgul t-shirt. Han kommer från jobbet och jag möter honom där gatan börjar. Klättrar upp i hytten, lilla pickupen. Han lägger snusdosan på låret, kramar en prilla. Säger att det finns jordnötter i handskfacket. Jag tar fram påsen, fyller handen. Tuggar som en ekorre. Slickar saltet från fingrarna. Säg inget till mamma, blinkar han åt mig. Jag skakar på huvudet. Snart middag. Han startar bilen, vi rullar framåt, hemåt tillsammans.

Och jag minns:

Jag säger till mamma och pappa att jag ska lägga mig, för jag är trött. De sitter framför TV:n, tittar på varandra.

Rullgardinen nere, men jag ser att det är pappa som kommer. Han sätter sig på sängkanten.

– Hur mår du?

– Trött.

– Har det hänt något i skolan?

– Nej.

Han sitter tyst en stund.

– Kan du inte berätta vad som hänt?

– Det har inte hänt något. Jag är bara trött.

– Det blir bättre om du berättar.

– Men det har ju inte hänt något.

Han ställer sig upp, skriker:

– Skit i att berätta då!

Han smäller igen dörren. Jag hör en bil på vägen utanför. En koltrast. Fönstret öppet, liten springa. Hör rullgardinen slå mot fönsterkarmen.

Jag säger till bror: där, gå och ta på den där tråden. Han tvekar, gör det inte ont?

Lägg fingret på tråden, säger jag. Gör det själv, säger han, springer iväg.

Jag minns hur jag och pappa var här, och han sa: lägg fingret på tråden. Vi hade gått runt hästhagarna med stora ekarna. Jag klev ner i diket, gick rakt fram till stängslet, lade pekfingret mot eltråden. Det smäckte till och fingret kastades uppåt, bakåt. Jag var inte beredd på smärtan.

Jag vände mig mot pappa. Han log inte. Tysta gick vi hemåt. Han sa:

– Jag trodde inte du skulle göra det.

Jag trodde inte att du skulle göra det.

Jag känner direkt att jag vill vara full hela tiden. Första gången med vin i skallen. Jag vill vara full hela livet.

När mamma hittar ett glas under sängen, med surt torkat i botten, och hon undrar vad det är, då säger jag: jos. Granatäpple-jos.

– Ät frukost i köket, säger hon.

Jag berättar att varje gång jag är full får jag en tanke att dö. Men Hannah säger: du har ju inga kompisar. Vad spelar det för roll, undrar jag. Men hon säger att jag aldrig är på fest.

– Så du ljuger.

– Ja, säger jag, jag är helt normal.

Sen säger jag:

– Godaste vattenpipan är smaken med två äpplen.

Jag berättar det, så hon ska veta. Men hon har aldrig rökt. Sen berättar jag att i Italien smörjer man in nyfödda bebisar med olivolja. Hon undrar om det inte blir kladdigt då, och man ska väl äta olivolja?

– Huden blir fin, säger jag. Och sen är de invigda. I familjen, i jorden.

Hon frågar om det är något mer jag ska lära henne? Någon mer konstig fakta? Något mer töntigt meningslöst?

– Ja, svarar jag. Det viktigaste är kvar. Jag säger det i luften, för hinner inte tänka. Och jag säger: om man befaller djävulen att visa sig, så måste han det.

Hon förstår inte vad jag menar, så jag förklarar: det är din enda makt över djävulen, om du tror att han är där, så säg "visa dig". Då måste han komma fram.

– Vad gör man sen då? undrar hon. Vad gör man när djävulen står framför en?

Jag säger att jag läst det i en bok, jag har ingen aning.

– Du är konstig, säger hon. Så jävla konstig.

Hon frågar om hon ska sätta klädnypa på bröstvårtan. Jag nickar. Hon säger att jag ska ta av mig tröjan. Och hon säger också: det är för att du vill, men också för att du förtjänar det.

Klädnypan är i trä, och mycket starkare än jag trodde. Klämmer och klämmer. Hon undrar om jag ska gråta. Jag gråter aldrig, svarar jag. Hon väntar länge. Bara tittar på mig, jag sitter på hennes säng. När hon tar loss den är bröstvårtan klämd på mitten, men hon säger att den kommer gå till sig sen, få tillbaka formen. Hon säger att hon ska plugga matte nu, att jag måste gå hem.

– Ja, säger jag. Tack.

Hon nickar. Säger att jag bara tänker på mina egna känslor. Att allt inte handlar om mig.

Jag har feber. Svettas och tar av mig pyjamaströjan. Hanna skriver att jag ska bli frisk snart, för annars kanske hon tröttnar på att vänta. Hon kanske skaffar en annan tjej istället.

Mamma säger att jag måste dricka. Hon lägger en clementin på nattduksbordet, säger att jag blir smalare när jag är sjuk.

Jag förstår att Hanna kommer att älska mig mer nu. Skriver att om hon väntar, så får hon det som är kvar.

Jag hörde mamma: Vad har du betalat?

Jag visste att de satt med fönsterkuverten i köket. Jag visste att pappa skulle lasta verktyg, tänger, rörbockare, nipplar och kopparrör på flaket. Som varje lördag. Som varje söndag.

Pappa brukade säga att han hela livet blivit förföljd av galna kvinnor. Lade handen på min axel, sa: bli inte galen.

Kassören frågar vithåriga gubben:

– Vill du ha seniorrabatten?

– Ja, annars vore jag väl dum i huvudet.

Sedan undrar kassören om jag ska köpa något? Jag känner hur huden stramar över platta magen. Skakar på huvudet.

Cyklar hem, men har inte snattat något.

Mammas sockerkaka med citron. Hon säger att jag kan ta en bit. Jag svarar att jag fikade på skolan innan. Men en bit kan du ta ändå, säger hon. Hon skär en stor. Jag bär den försiktigt, så den inte smular i trappan.

Viker in kakan i ett A4 med anteckningar om ryska revolutionen. Lägger i ryggan.

Tycker synd om mamma. Äggen hon slösar på mig. Elen i ugnen.

– Jag heter Leia.

Jag undrar vad Makrillen tänker. Svensk tjej med mjuk mage, blont hår, runda bröst. Tröjan har åkt upp, man ser troskanten. Vit. Den luktar nog tvättmedel. Rosa fitta.

Leia står framför klassen, säger att hon ska ordna en kulturdag för hela skolan. Med traditionella låtar, trendiga låtar. Kulturella danser. Hon tittar på Makrillen:

– Man kan ha kulturella kläder på sig.

Svenskläraren säger att Leia kan sätta upp lappen med sin mailadress på tavlan.

Jag är sist kvar i klassrummet. Människor tycker om att titta på andra människor. Men varför är böcker bättre än TikTok. Läraren säger att han inte vet.

Rycker bara på axlarna, säger att ingen läser. Jag frågar vad han läser just nu. *Sinnenas tid*, svarar han.

På bibblan läser jag sedan första sidan. En kuk sprutar sperma på en kvinnas mage. Jag undrar vad han tänkte när han läste det. Inser att han är man. Att han har kuk.

Djur med kukar och fittor.

En grå kvinna går fram till sin mans rygg, håller en bok.

– Här!

Mannen reagerar inte.

– Hallå, jag pratar med dig. Kan du vända dig om?

Han slutar läsa på bokryggarna, mumlar: ja...ja...

När man öppnar en bok, och tänker en sekund att det är författarens adress som står där på första sidan. Adress, mail, telefonnummer. Men det står: omslagsfoto Shutterstock. Tryckt i Estland. ISBN.

Jag går till min cykel.

Hatar när det blir slappt och hårda strikta blir mjukt. Hjärnan trött. För att kroppen vill. Jag tänker att detta är sjukdomen, alla vill ju vara smala. Hela påsen med grillchips tom.

Jag sätter mig på toaletten, magen kläms, darrar, gnäller. Sedan borstar jag toaletten ren från diarré.

Duschar, tvättar mig. Tänker att jag ska glömma detta. Tänker: när magen kramas ihop kommer man ett steg närmre. Man svälter inåt, tills man är den ende som finns i sig själv. Och bara där.

Makrillen säger att han hörde om en kille som inte ville kriga. Han högg en kniv rakt in i hjärtat. Han skulle ju ändå dö.

Sedan visar han bilder i telefonen. En morbror i rullstol, med bortsprängda händer, bortsprängt öga.

– Mina. Han tar bort mina.

Han tittar på mig.

– Vad han göra nu? Hur han jobba? En man som inte kan jobba, hur ska han hitta en fru?

Vikarien säger att vi ska vara tysta. Dessa telefoner, dessa slappa ungdomar. Det här är romarrikets fall. Alla kan inte ligga på divanen, äta druvor och dricka vin. Ni har plikter.

Makrillen svarar inte. Bara lägger bort telefonen, tittar ner i boken. Sedan viskar han att han måste åka om det blir mobilisering. Åka till lera och krig.

– Kan du inte smita undan?

Han skakar på huvudet. Säger att de inte kan förlora.

Makrillen frågar om negrer, blir de mörkare med tiden? Av solen? Han såg en gammal gubbe och han var jättesvart.

Jag säger att han inte ska använda det ordet.

– Folk blir arga.

Makrillen suckar, *shvedy*.

Jag minns tvätten med pappas jobbarkläder, som blev liggandes en vecka i maskinen. Mamma tvättade om med ättika, men surdoften gick inte bort. Hon slängde allt.

Och jag tänker att man kan aldrig flytta från en grav. Man kan aldrig lämna sina döda. Där de ligger, där är hemmet. För alltid ska jag bo i den här staden med min far.

Hur skulle jag kunna vara au pair i Frankrike, och säga "Där i Sverige är min far begraven"? Hur ska jag kunna sova på nytvättade lakan? Hur ska jag kunna dricka vin? Hur ska jag kunna ha min tunga i en fitta?

Hur träffade du pappa, vill jag veta. Och denna gången svarar hon.

– Vi satt på café vid olika bord. Han var så snygg och stark. Det var sol, varmt. Uteservering, kullersten. Vi tittade på varandra.

– Under lugg?

– Ja, skrattar hon, under lugg. Sen gick han med sin kompis, men han kom tillbaka själv. Lämnade en lapp med sitt nummer. Självsäker. Jag ringde kvällen efter.

Hon tittar på sitt knä, sin hand. En bil kör förbi på gatan utanför.

– Din pappa trodde inte på Gud. Men han var rädd för helvetet.

Mamma säger att kvinnor vill flytta ihop snabbt. Män vill känna sig fria. Hur ska man förena det? Kvinnor vill ha barn innan de blir gamla, men en man kan få barn efter 40. Hon säger att jag inte ska ha bråttom sen. Om hon skulle ge råd: känn. Hon säger att det ju bara är lite mer än ett halvår innan jag tar studenten.

– En man, säger hon, vad ska han ha frihet till?

– Men pappa ville ha barn, svarar jag.

Mamma har tagit bort nyckeln till chiffonjén, där gamla bilder ligger i skokartonger och gula glasspaket i plast. Hon vill inte se unga, långa, smala kroppar. Men jag hittar nyckeln i hennes nattduksbord. Sitter i soffan, viker in benen under mig. Jag luktar på korten. Mamma som står på motorhuven på pappas första bil. Mamma och pappa fryser framför en fyr, tillsammans med två okända. Kompisar som inte finns. Pappa i kalsonger, på mage med långa ben, på en säng med rött täcke, han läser. Selfie från deras första kök, litet bord vid fönstret, spritflaska på rutiga duken, de lutar sig mot varandra, pappa håller upp en kräfta. Mamma med stor svart hatt, lite sur, handen för ansiktet, sol. Pappa sitter på en kanon, framför ett slott, som ett barn. Jag tänker att de leker. De lekte.

Jag tycker om att jag är finare än hon. Att jag är smal och vacker, och mitt ansikte är snyggt. Ögonbrynen. Och min profil, med näsa som är stor men ändå passar med stora läpparna. Jag vet att folk tittar och tycker jag är finare, och undrar hur vi kunde bli ihop, och jag ligger naken på henne och hennes mage hänger, och hon smeker sig. Håller mig. Säger att jag är så fin, så fin. Säger att vi kan göra vad vi vill med varandras kroppar, och jag säger ja. Gör vad du vill. Hennes händer och fingrar.

Mamma kommer in i mitt rum, och undrar om jag vill se raketuppskjutningen. Vi sätter oss i soffan. Té och torkade dadlar i en skål. Lillebror sover.

– Varför åker de upp i rymden? frågar jag.

Mamma rycker på axlarna, säger att hon drömde att hon köpte ett tetra pak med taco-krydda.

– Det är nog motsatsen till att skjutas upp i raket.

Kameran följer rökpelaren, uppåt mot blå himmel. I hemlighet önskar jag att raketen ska explodera. Mamma tittar inte på mig, fokuserar skärmen, och säger:

– Jag hoppas också på en smäll.

Vi skrattar.

Sedan säger hon lågt:

– Om jag satt i en rymdstation och såg jorden genom ett fönster, då skulle jag veta att jag var på fel ställe.

Jag säger att pappa satt i häkte en gång, några veckor, vid nyår, och han och en annan fånge kom överens att smuggla med sig knäckebröd från lunchen in i cellerna. Vid tolvslaget åt de sina bröd. Pappa sa att det var som att skåla i champagne, att skjuta raketer, äta hummer.

När jag var liten föreställde jag mig hur han stod vid gallerfönstret i månskenet, vinden drog i hans hår, sedan fyrverkeri som speglades ögonen. När jag blev större berättade han att det var lysrör, plastgolv, säkerhetsglas. Han satt på sängen, tittade på det lilla handfatet. Smulade på lakanet.

Hannah tittar på mig länge, och jag vet inte vad hon tänker. Jag vet inte vad hon tänker.

Hannah vet inte hur man skottar. Hon frågar hur hon ska göra med snörakan. Jag svarar: som med en spade. Hennes höfter är svaga. Tafatt kör hon ner rakan i snön. Jag säger inte att hon ska sluta göra sig till. Säger inte att jag föraktar henne. Att man är dum om man inte kan skotta.

– Brukar du inte skotta?

Hon tittar på mig:

– Nej, är du galen? Men en gång skottade jag en kvadratmeter.

Hannah frågar om jag vill följa med in, eller om jag ska cykla hem. Jag vill både och. Hon säger att jag måste bestämma, att hon stör sig på att jag inte kan välja, att jag tuggar som ett rådjur. Sen säger hon att jag ska cykla hem, och jag förstår att det är ett straff.

– Du har gjort mig så illa, säger hon.

– Tack, säger jag.

Hon säger att hon inte kommer be om att träffa mig för ett avslut. Hon är på en bra plats nu.

Jag säger att jag inte vill bli lämnad med en anglicism. Hon vet inte vad det är, men säger att jag alltid ska märka ord. Som om jag vore smartare, när jag säger "vad sa du att det hette?".

– Du kommer vara ensam. Men det är väl vad du vill.

Sen säger hon inte mer. Aldrig jag heller.

Jag tänker: i krig måste man döda för att vinna. Jag tänker: varför har jag så konstigt efternamn. Kollerstock. Vi är ju inte tyskar.

Mamma vill inte byta. Vi heter så, säger hon bara. Vi byter inte till mitt flicknamn.

En hjärna behöver en annan hjärna för att utvecklas, säger psykologilärare, och då säger jag: men hur var det med världens första hjärna?

Presentera historisk person, säger historieläraren. Jag väljer Black Agnes. Vad har du lärt dig, frågar läraren. Jag svarar *swarthy complexion*.

Hemma säger jag till lillebror: ta skolan seriöst, du vill väl ha IQ? Sen berättar jag:

– Där i mellanrummet mellan ljus och mörker kan man se dem; spökena. Om du går in i ett ljust rum, om du snabbt tänder och släcker lampan, så kan du se dem i blinkningen. En stillbild.

Lillebror tänker också omöjliga tankar. Tar universum stopp? Vem vet, vem vet. Sprängs jorden om en minut? Vem vet, vem vet.

Mamma har handlat hos slaktaren. Butiken ligger i en gammal lada, inredd med kyldiskar och trälådor med rotsaker. Rapsolja och hallonmarmelad. Köttpaketet i kylen, smörgåspapper vikt runt skivorna, etikett med två korsade köttyxor och slogan *Fylligt kött från djävulens källare*. Jag ska äta ikväll. Mamma vill.

– Sista nattrundan, säger mamma.

– Sista nattrundan, säger jag.

Mammas mun:

– Romeo och Julia går på teatern. Kanske passar dig? Du är ju i kärleksåldern.

Min mun:

– Vi har gjort slut.

– Tack gode gud.

Sen säger hon att hon inte menade så.

Det är inte kedjan som gnisslar, det är pedalarmen mot skeva kedjeskyddet. Jag cyklar ut ur sista gatulampans ljuskägla. Svag så man knappt ser vägen mellan stolparna, för de har bytt till ledlampor.

Jag saknar smör som smälter på pappas nybakade brödbullar. Ost som mjuknar och blir genomskinlig. Pedalerna formas, blir, när jag trycker ner dem. Fötternas runda rörelser, cirklarna.

Styret kallt.

Jag hör motorn men fortsätter trampa. Sedan stannar vi samtidigt, när den lilla pickupen är bredvid mig. Gruset knastrar under mina skor. Pappa stänger inte av motorn. Jag klättrar upp i hytten, och han lyfter upp cykeln på flaket. Han sätter sig bredvid mig, lägger i ettan, släpper upp kopplingen, lätt tryck på gasen. Sedan fortsätter vi tillsammans, tysta.